Get Ready!
Get Set!

𝒟𝒾𝓈𝓃𝑒𝓎 PRESS
New York • Los Angeles

I count one car.
Get ready. Get set . . .

I count two cars.
Get ready. Get set . . .

I count three cars.
Get ready. Get set . . .

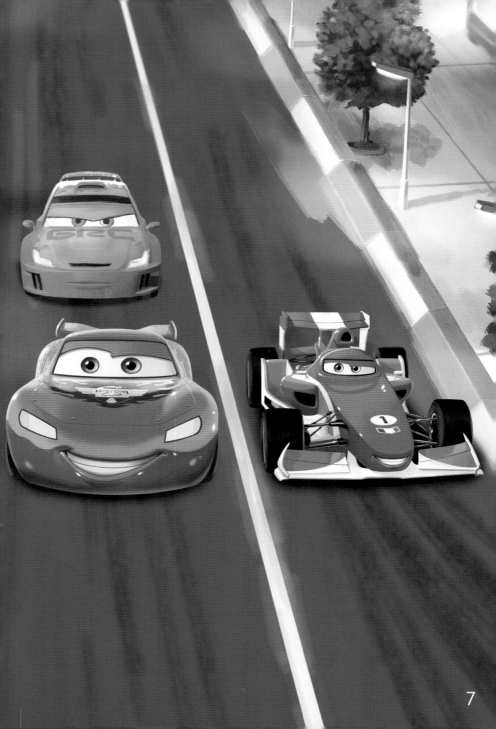

I count four cars.
Get ready. Get set . . .

I count five cars.
Get ready. Get set . . .

I count six cars.
Get ready. Get set . . .

Go!
Ka-Chow!